Historia de Chupas (Caricatura)

Amadito, desde niño, vivía en Lima, y acababa de descubrir que su apellido estaba ligado a la gramínea del mismo nombre de la cual por fermentación y destilación se obtiene el whisky, y se sintió extranjero, ¡a mucho orgullo!, y qué, si tal bebida es propia de gente adinerada y no de cualquier cholito mugriento del lugar donde había nacido.

Y llegó a la conclusión de que en ese pueblo había vivido su tatarabuelo de apellido Centeno, descendiente directo del conquistador Diego Centeno, cuyo nombre lo deduciría escarbando en los nombres de sus ancestros. Él se llamaba Amado, su padre se llamaba Venturo, su abuelo paterno, Amado, y su bisabuelo en la misma línea, Venturo, y ahí nomás llegó porque no había más registros de sus antepasados. Y concluyó, sin escarbar mucho, que uno de los hombres importantes del pueblo fue su tatarabuelo Amado Centeno. Amadito se puso contento y lo escribió porque venía escribiendo la historia del pueblo para presentarla al concurso convocado por el alcalde de turno, y para enriquecer lo que ya tenía escrito tuvo que viajar desde Lima hasta el pueblo. Pero, cuál era el apellido materno de Amado Centeno, mi tatarabuelo, se preguntó, y le vino la nostalgia por la raza inca de "a mucho orgullo", porque él es tan parecido a los aborígenes como a los europeos, tal como lo es el cereal, tan parecido al trigo como a la cebada, y tuvo que inventar un orgulloso apellido nativo: Alpacaguanga.

Así que, escribió que don Amado Centeno Alpacaguanga fue hijo de don Venturo Centeno, un emprendedor que se estableció en el pueblo treinta años después de la independencia nacional con el propósito de sembrar la gramínea que llevaba su apellido, y como objetivo final, instalar una destilería para obtener el codiciado whisky. De ahí que, para no entrar en contradicción con Sancruz, un historiador aficionado y residente en el lugar, Amado Centeno acopló la conclusión de su investigación al nombre etimológico del pueblo de Chupas según Sancruz. Y es que, como suelen decir los reporteros periodísticos, "y es que" Santiago Contreras Cruzado, más conocido como Sancruz, ya había escrito la historia de su pueblo sin ánimos de ganar concurso alguno porque ya tenía bien ganado el desprestigio de sus escritos por sus propios paisanos. Según Sancruz, etimológicamente, Chupas deriva del verbo chupar, chupar licor y chupar sangre, sangre de pueblo ignorante, eso tenía y tiene escrito como inicio de su historia. Sí, pero no chupar cualquier licor, ¡chupar whisky del viejo centeno!, comentó Amadito.

Pero, el aficionado y afamado historiador Amado Centeno y Pariona, que no tenía la "y" en el apellido cuando nació pero la agregó cuando se aristocratizó y se hizo de reconocido prestigio en la aristocracia pueblerina chapreada por el mundo, estaba convencido que su trabajo tendría que poner a Chupas en la cúspide de todas las historias de los pueblos, "y es que" siendo como fue, Vaca de Castro derrotó a Diego de Almagro el Mozo en la batalla de Chupas, mejor dicho aquí, el 16 de septiembre de 1542, ¿o estoy equivocado?. Y encontró en el pueblo un sobreviviente de apellido Pizarro, entonces escribió que Francisco Pizarro, el conquistador, a su paso por Chupas contrajo matrimonio con una bella doncella hija del cacique Alpacaguanga, con la que tuvo una hija que desde niña sentó residencia en España. En seguida se examinó que era valiente, ¡tan valiente que daría la vida por el prestigio de su pueblo!, y escribió que los españoles exterminaron a los aguerridos habitantes de Chupas, justamente por valientes, que de no haber sido así el pueblo estaría habitado por hablantes del quichua, un idioma desconocido en el lugar pero que dejó evidencia de su existencia perpetuándose en el nombre del barrio más popular del pueblo, el barrio Quichuas. ¡Y se sintió aguerrido!, dejó de escribir, se enderezó, hinchó el pecho y agitó los puños en alto.

Y en afán de enriquecer su tratado histórico fue comparando palabras de uso popular, así encontró que huasca significaba y significa borrachera, y eso estaba de acuerdo con el origen del nombre del pueblo según Sancruz, felizmente, para no entrar en discusión con él. Pero no estaba de acuerdo con la manera grotesca con que éste lo suele explicar, porque Sancruz, además, reitera que Chupas está poblado por mujeres predispuestas a chismear y por hombres cortos en ideas y palabras que precisan de licor para poder exteriorizar estupideces. Y sí, está de acuerdo con la inspiración del difunto poeta Eufemio Malpartida "Es balcón de cultísimos bohemios inspirados por el colorido paisaje y las bellas y aristocráticas mujeres del sacrosanto pueblo".

Pero, para Amadito, huasca también tenía otro significado, huasca podría ser, se decía mientras escribía, podría ser Huáscar. Claro, eso es, entonces por aquí estuvo Huáscar, el soberano inca, claro, eso, y allá, en el límite del pueblo, hay un río que se llama Andahuasca, eso quiere decir que ese río en un inicio se llamaba Andamarca, en Andamarca mataron a Huáscar, lo escribiré.

Y ahora sí, Amadito, erudito, convincente, elegante y conmovedor, iba logrando con agudo intelecto la historia de su pueblo lento. Y encontró en medio de un amarillento libro, mientras oteaba en la polvorienta biblioteca municipal, encontró lo que se llama un escudo de armas que motivó su atención, y sin más ni nada se presentó al Alcalde con el hallazgo y el Alcalde, sin pensarlo dos veces, lo oficializó como escudo del pueblo. La alegría de Amadito era evidente porque fue él quien lo descubrió, pero, ni él ni el Alcalde, ni los notables aristócratas pueblerinos sabían que tal escudo pertenecía a la Primera República Española.

–Estoy en Chupas, mi pueblo natal, ¡escribiendo su historia! –dijo Amado Centeno y Pariona, contestando el celular.

–Y dónde queda eso –preguntó la voz.

Y contestó leyendo lo que había escrito, nada más que la copia de un antiguo libro de geografía de propiedad y no de autoría de Sancruz:

"Esta provincia está a levante de Lima y de las costas del mar pacífico del sur, entre las provincias de Huamachuco y los contornos de la ciudad de Huánuco. Aunque más cercanos a la costa están sus pueblos en la sierra, y con caer debajo de la tórrida zona en nueve grados al trópico de Capricornio, conserva montes de nieve y promontorios altísimos de hielo. Pasa la cordillera que atraviesa el Perú norte sur por su provincia y otra pasando el pueblo de Recuay que siempre está nevada. Los altos en los montes son rígidos, insufribles y destemplados. El aire ambiente pasa los cuerpos y hace desabrida la habitación. Entre laderas, ancones y tierra baja hay huertas, sembrados legumbres y florestas. Lo alto aflige y lo inferior recrea; atraviesan esta provincia grandes ríos, y muchos montes crían fina plata, unos en más seguidas vetas y otros en algunas bolsas. Beneficiando están algunos cerros, sobra la riqueza en los metales; y porque faltan indios en los pueblos, ni enriquecen los dueños, ni se aumentan los primeros ingenios".

Amadito, orgulloso terminó de informar, ¡aló?, pero la voz de su amigo al otro lado ya se había ido.

La historia que Amado centeno venía escribiendo aún estaba pobre a su entender, y pobre y equivocada al entender de Sancruz, el Chupas en el que fue derrotado Diego de Almagro el Mozo no era el Chupas motivo de la historia del concurso.

Quién más de los personajes históricos pudo haber llegado por Chupas, quién más pue, agregó Sancruz, sino los expansionistas e imperialistas incas que no descansaban si no sometían, quién más sino los convertidores de solanos en cristianos que no comían si no bautizaban, los padres Agustinos y Jesuitas y alguien que todavía no era santo pero ahora se le conoce como San Toribio de Mogrovejo, él en cumplimiento de su misión al servicio de la colonización; pero también otros llamados libertadores, patriotas y políticos embaucadores, científicos y soñadores, y alguien más que por accidente pudo haber llegado por aquí.

¿Científicos?, ¡científicos!, claro, pues, tienes razón, ¡Raymondi!, Antonio Raymondi, Antúnez de Mayolo, cómo no me había acordado. ¡Ah!, y mucho más antes, Pachacutec y su hijo, Huáscar y Atahualpa, el camino del inca pasa por el pueblo. Y después San Martín y Bolívar, Castilla, Cáceres, Leoncio prado. Castilla creó la provincia. Y también pasó por aquí el que descubrió Machu Piccho, por dónde más. Julio C. Tello tuvo que haber pasado por aquí. Garcilaso de la Vega el Inca, Luis Eduardo Valcárcel y Vizcarra, Luis Alberto Sánchez, Javier Prado y Ugarteche, entre otros historiadores, sino cómo pudieron escribir la historia del Perú. ¡Pucha!, ¡eureka!, qué patrimonio histórico tan rico tiene mi pueblo, sólo tengo que escribirlo. ¡Y Dios!, pue, Amadito, te estás olvidando que este pueblo es el cielo, eso cantan en la fiesta patronal.

Cada vez que se encontraban, Amadito y Sancruz, hablaban al respecto "y es que" Amadito y Sancruz, finalistas como cuarentones, no eran tan amigos, aunque para los demás parecían serlo, y no sólo amigos, también parientes, eso sí, porque la mamá de Amadito era la tía de la prima del primo hermano de Sancruz. Uno era refinado hipocritón y el otro burlón, uno había estudiado en Lima y el otro en el mismo pueblo. Amadito conducía un programa cultural de radio en la misma capital de la república y Sancruz una piara de burros en el pueblo. Y había otro que se perfilaba para el concurso, ni refinado ni hipocritón, ni irónico ni nada, más bien cojudón, un lugareño llamado Jhony Huanga de pésimo rendimiento académico que se enganchó como profesor de historia en el colegio del lugar ni bien terminó la secundaria ahí mismo, y concluyó sus estudios superiores en la universidad particular Los Santos, ahora elaboraba su trabajo desde el mismo concepto de historia dividiéndola en periodos, periodo prehispánico, periodo colonial, periodo republicano, periodo contemporáneo. Qué, ¿sí?, ¡mierda!, el ¡acabose!.

Por su parte, el Alcalde, había buscado en la misma universidad un jurado calificador altamente conocedor de la historia del Perú. El concurso estaba muy sonado, con carteles alusivos por doquier, y el premio pecuniario ascendía a cinco mil soles, la décima parte de lo que cobraba el ilustre jurado integrado por cinco profesionales de primera categoría. Y Jhony Huanga, apenas se enteró, fue a buscar a uno de los miembros del ilustre jurado que él muy bien conocía, para que lo asesorara en la construcción de su historia.

Lo que importa es la calidad del trabajo y no el dinero, dijo Amadito que ya se había medido a su manera con su competidor y concluyó que tenía todas las de ganar. Y se acordó que en la vieja casona de su tía, donde estaba hospedado, había muchas cosas antiguas que podrían servirle de mucho en lo que estaba haciendo. Preguntó por ellas, era niño aun cuando las vio, le dijeron que se encontraban en el terrado, un oscuro compartimiento bajo el tejado que también llaman guardapolvo. Así que, subió y se internó admirándolas, encontró una vieja espada, la espada de los conquistadores, la que su tía prestaba a los que escenificaban en cada fiesta patronal el apresamiento y muerte de Atahualpa; una estampa costumbrista, si no subía me olvidaba, ¡caramba!. Y esa montura con dos cuernos que está colgada, ya, ya me acordé, decía mi abuela que la usaban las damas antiguas y elegantes, ¡pucha!, ¿no sería de Manuelita Sáenz?, así no haya sido desde ahora será. Se pasó todo el día en el tétrico terrado, y por la tarde, agotado ya, tropezó con una bacinilla de arcilla que por el impacto se rompió,

Amadito la miró con perdida esperanza, quizá pudo haberla usado Pizarro, quizá Bolívar, quizás, pero, cómo…, no había forma de reconstruirla. Bajó del terrado cabizbajo y hecho un asco, mas, luego se sintió feliz por todo lo que había encontrado. Y por la noche, feliz se quedó dormido.

Soñó que el pueblo estaba alborotado y lleno de pánico porque estaban a llegar los conquistadores españoles, de pronto llegó Atahualpa en su litera de oro sobre los hombros de cuatro escuálidos guerreros, lo depositaron en el centro del cuadrado de la Plaza y aterrizó un cóndor frente a él. De cada esquina emergió un adivino de la corte imperial y condujeron al ave hasta la esquina de la Iglesia católica, cóndor y adivinos se pusieron a danzar aceleradamente en cuanto llegaban los conquistadores. "Los cuatro suyos, ¡chesumadre!, ¡carajo!, falta el mío", deliró entre sueños. Del campanario emergió una cabeza con cuello de serpiente, la cabeza del Alcalde, ¿el tuyo?, el tuyo lo tendrás si ganas el concurso. Los conquistadores retrocedieron por el embrujo de los desesperados danzantes y los adivinos condujeron al cóndor hasta la otra esquina para danzar en ella antes que los conquistadores los burlaran. Y así en las cuatro esquinas hasta que la perseverancia de los intrépidos conquistadores se impuso, y llegaron hasta el centro de la Plaza con un toro por delante para apresar al Inca, y después que lo apresaron y ejecutaron el toro se convirtió en un monstruo danzante, un toro con dos patas, cabeza y cuerpo de toro con patas de hombre. Los adivinos se aproximaron a él y continuaron la danza por el perímetro de la Plaza festejando la muerte de Atahualpa, mientras los escuálidos guerreros incas, con pasos tristes y cansados, sacaban de la Iglesia en andas una escultura de Sanseacabó. Pizarro emergió de la procesión, desenvainó su espada y la clavó en el pecho de Amadito, ¡Soy español!, gritó el victimado y despertó lleno de miedo para quedarse sentado en la cama y sin dormir hasta el amanecer. ¡Pucha!, parece que las estampas costumbristas no me dejarán dormir mientras no las registre en la historia que estoy escribiendo, tengo que ocuparme de los españoles y del suplicio de Atahualpa, de los indios danzarines, del oso bailador, de los reyes moros, del toro con patas de hombre, de los viejitos de navidad, y tantos otros festejos más que podrían haber. ¡Claro, pues!, la historia de los pueblos la hacen los que investigan y saben escribir.

Mientras tanto Jhony Huanga Chacaltana, el profesor de historia, licenciado, magister y casi doctor, por si acaso, estaba de lo más tranquilo burlándose de Sancruz y Amadito mientras departía con alumnos y colegas, ¡eeesos no saben nada!, ni siquiera tienen título como yo, yo me gané El Nobel para recibirme de licenciado. Claro, pue, a ese tipo lo licenciaron cuando estudiante por lisiado mental.

Me estaba olvidando de la Iglesia católica, musitó Amadito, tiene que ser de arte barroco, no puede ser otro, y si fuera otro podría ser gótico, nada más, yo creo que es barroco por la majestuosidad del altar mayor, los diferentes altares laterales y el púlpito, y se construyó apenas llegaron los conquistadores. ¡Oye!, y los habitantes practican el arte de la chismorrería, y como política, la pendejista. Bueno, eso si no me consta, estimado Sancruz, lo que sí me consta es que se dedican a la agricultura, ganadería y minería. Pero más a la espera de un empleo eventual en el municipio como servidores incondicionales, ¡oye, hombre!.

¡Ah!, y me estoy olvidando de Diego de Almagro el Mozo que fue derrotado por

Vaca de Castro en la batalla de Chupas, mejor dicho aquí, ¿o no me estoy olvidando?.

De lo que se estaba olvidando era de cuando llegaban el obispo y los candidatos a diputados por el APRA, las clases se suspendían en los tres únicos centros educativos, inicial, primario y secundario, y los alumnos enfilaban al encuentro de los visitantes, pero se estaba olvidando porque su tío padre era director de la escuela primaria donde estudiaba. El pueblo se vestía de fiesta y desde muy allá, desde las afueras del pueblo, por donde deberían ingresar las eminencias, hasta llegar a la Plaza de Armas, cada cierto trecho en el camino y en las esquinas de las calles, instalaban arcos de triunfo con ramas de cipreses salpicadas con flores naturales de vistosos colores. Y como si fuera poco, una franja central en camino y calles se tapizaba con pétalos de flores formando figuras y palabras alusivas para que pisaran los visitantes que pasaban entre alumnos y gentío formando fila en las orillas. Llegaban a caballo y desmontaban muy próximos al primer arco de triunfo, recibían ramos de flores de manos de las atractivas damas del pueblo mientras el estruendo de cohetes rompía el apacible y azul cielo. Los candidatos ofrecían canales de riego, represas de agua y carretera, se sabían que desde tiempos pasados los ofrecían y nada, de no haber sido por la dictadura de Velasco la carretera no hubiera llegado. Ahora los nuevos candidatos a todo cargo público llegan en camionetas de doble tracción, aún son recibidos con ramos de flores y a veces con un avergonzado arco de triunfo, pero, vivas y cohetes, ahí están, como siempre. Los nuevos candidatos han heredado los ofrecimientos, siguen ofreciendo represas y canales, quizá hasta que llegue una nueva dictadura que mire para abajo. Me veía obligado a besar el tremendo anillo de oro del obispo que llegaba con vestido reluciente al estilo de Atahualpa en la fiesta patronal, llegaba para confirmar bautizados, ¡y qué me quedaba!, si los maestros nos vigilaban reservándose para sí una tremenda reprimenda que la descargarían al siguiente día contra los alumnos desobedientes en plena formación de estilo. ¿Y después qué?. Después los obedientes alumnos me abuchearían arrojándome hasta el margen de lo formal. Berrospi, el persistente candidato a diputado aprista, no me caía en gracia, quizá porque semejaba un paquete atado a un caballo, quizá porque nunca se hizo nada de lo que ofreció, o quizá porque era el tipo más indicado para volcar contra él el resentimiento que yo tenía por haberme visto obligado a rendir cumplidos que no quería hacerlos.

Amadito terminó su trabajo y lo dedicó a su padre y a su único hijo, que felizmente nació hombre como él quería y no tendría más hijos para no complicarse la vida, y lo llamó Amado Venturo Diego. Pero, mi amor, ¿no suena más bonito Diego Amado Venturo?, Diego es el nombre de mi papá, di que sí, mi amor. Qué interesa el sonido, lo que interesa es la importancia. ¡Ay chucha!, esto si no lo esperaba de mi amigo Centeno.

Y llegó el día esperado del concurso público, la banda de músicos se presentó elegantemente frente al municipio y de él salieron, el Alcalde, el ilustre jurado y los notables del pueblo, y con marcha patriota desfilaron por el cuadrilátero de la Plaza, viraron hacia el centro, hasta el desnudo mástil, e izaron el pabellón nacional, y después de la letanía de estilo ingresaron al salón de actos del municipio. Se instalaron en el estrado, el Alcalde presidía la reunión, la secretaria distribuyó en sobre cerrado seis ejemplares de cada tratado histórico, uno por cada miembro del jurado, y el otro, ¡lo que usted diga señor Alcalde!, uno para el antedicho.

El maestro de ceremonias presentó al jurado, un historiador, un sociólogo, un antropólogo, un arqueólogo, y uno que no se esperaba, uno que ostentaba un largo cargo de favor: Representante Cultural del Gobierno Regional.

Y después presentó al Alcalde: Acto seguido, hará uso de la palabra nuestro distinguido, filántropo y culto Alcalde…

Señores…, señores…, y señores…, yo el Alcalde…, por eso señores, para que el pueblo tenga su historia es que yo he convocado a un concurso con un jurado de primera clase, que sabe de historia, un jurado culto para un pueblo culto. Yo me he dado cuenta y por eso yo lo he buscado en la misma universidad donde se han recibido los mejores profesionales del país, se lo digo yo. Y que el señor conocido como Sancruz no venga con otra historia, ya que el concurso es público y él no se ha presentado. ¿Sí o no?, señor. Así es señores, ahora lo que diga el jurado yo lo haré respetar sacando la resolución para declarar a la historia ganadora la historia oficial…

¡Uf!, cuánta tortura sufrieron los asistentes escuchando el discurso, hasta que se hizo el sorteo para ver quién de los dos participantes expondría primero, y le tocó al profesor de historia, mientras Amadito emitía una carraspera de tranquilidad y desesperación, tranquilidad por no ser el primero en quemarse, y desesperación porque el que espera se desespera. Y el profesor empezó a leer:

Historia de Chupas.

Concepto de historia universal, dos puntos a parte.

La historia universal es la ciencia que relata los hechos acontecidos en la humanidad desde que apareció el hombre hasta nuestros días.

Concepto de historia del Perú, dos puntos a parte.

La historia del Perú es la ciencia que relata los hechos acontecidos en el Perú, desde la fundación del Imperio Incaico hasta nuestros días.

Concepto de historia de Chupas, dos puntos a parte.

La historia de Chupas es la ciencia que relata los hechos sucedidos en Chupas, desde que se pudo registrar la historia hasta nuestros días.

Periodos de la historia de Chupas, dos puntos a parte.

La historia de Chupas se divide en cuatro periodos, dos puntos a parte.

Periodo prehispánico, periodo colonial, periodo republicano, periodo contemporáneo.

Periodo prehispánico, dos puntos y seguido, sin fuentes históricas confiables.

Periodo colonial, dos puntos y seguido, sin fuentes históricas confiables.

Periodo republicano, dos puntos y seguido, sin fuentes históricas confiables.

Periodo contemporáneo, dos puntos y aparte.

Quiso Dios Todopoderoso que el honorable, culto y hospitalario pueblo de Chupas tuviera su propia historia y mandó al honorable, culto y filántropo señor Maximiliano Cuadrado Chaparro a postular como Alcalde, entonces los habitantes se dieron cuenta de la sabiduría del insigne señor Chaparro y votaron por él, sabiduría que la puso en práctica al convocar a concurso a los más connotados eruditos del país…

El salón de actos reventó en aplausos por contagio después que el profesor de historia terminó de leer su tratado adulador.

Acto seguido, dijo el maestro de ceremonias y asesor de imagen, le toca el turno al laureado escritor Amado Centeno y Pariona, autor de muchos tratados sobre estampas costumbristas y biografías de los gloriosos antepasados chupinos.

¡Bravo!, dijeron todos, mientras aplaudían.

El parsimonioso Centeno, tan indio como español, tan cholo como zambo, tan docto como nadie y tan inocente como los que aplaudían, se paró entre los asistentes, hizo inclinaciones de cabeza en dirección de los cuatro puntos cardinales, y se aproximó al estrado.

Queridos conciudadanos, chupinenses:

En lontananza, desde el espacio y tiempo histórico en el que nos encontramos, se puede decir que Chupas, antes Andahuasca, fue fundada por el cacique Alpacaguanga, descendiente directo del soberano Inca

Huayna Capac. Durante la colonia, el pueblo se llamó San pedro de Chupas. Recibió la categoría de Villa por resolución 583 del 13 de agosto de 1824, por nuestro Excelentísimo Libertador Simón Bolívar, pero la resolución no se firmó ese día, porque Bolívar se enfermó como consecuencia de la Batalla de Junín. El 29 de septiembre de 1856, con resolución 780, se creó el distrito de Chupas, pero la resolución se firmó en enero del siguiente año. En cuanto a la provincia, la provincia de chupas fue creada por resolución 108 del 21 de febrero de 1861, pero la resolución se firmó una semana después, porque nuestro presidente Ramón castilla quedó indispuesto de salud festejando la creación con nuestros connotados paisanos de entonces. Finalmente, Chupas pasó a la categoría de ciudad por resolución 880 del 17 de agosto de 1898, pero la resolución se firmó una semana después…

–¿Y cuándo como pueblo cojudo, Amadito?.

Pero Amadito siguió ocupándose de la historia que había escrito, a veces leyéndola y otras de memoria. Remarcó el nombre del conquistador Diego Centeno y también de Venturo Centeno, el que llegó al pueblo para obtener whisky y sólo obtuvo descendencia para bailar el huayno ¡whiskete whyshketey!. Al terminar de exponer su historia, Amadito no sólo recibió nutrido aplauso sino vivas y ramos de flores de las damas que lo admiraban por haber escrito sobre la trascendencia de los padres de ellas. El jurado se retiró a deliberar, así lo anunció el maestro de ceremonias, mientras se repartían unas copas de vino entre los asistentes. ¿Y de ahí?, ¡diay qué pue!, yo no entendí nada, después regresaron y el asesor ese de imagen habló:

El honorable y erudito jurado da como ganador de este magno certamen, nada más y nada menos que al ilustre profesor ¡Jhony Huanga Chacaltana!, profesor titulado de historia, y que además ostenta el grado de magister, y como si fuera poco está próximo a recibirse de doctor. El señor Alcalde hará entrega del cheque por cinco mil soles.

Y cuatro hombres llevaron hasta el estrado un cheque en gigante fotografía, mientras los asistentes aplaudían. Antes de entregar el cheque, el Alcalde habló:

Para beneplácito de la distinguida concurrencia y de todos los hijos del pueblo de Chupas, gracias a mí, el pueblo ahora tiene su propia historia. Ustedes han podido ver que ese señor Sancruz quiso malograr el concurso, felizmente se dio cuenta de su error y abandonó la sala. En cuanto al segundo puesto, yo tengo previsto un premio en efectivo para el señor historiador y escritor Amado Centeno y Pariona, para que se vaya contento, porque además él ha contribuido con el escudo oficial del pueblo. Su historia completará la historia del ganador, el jurado y mis asesores acaban de decirme que una historia tiene lo que la otra no tiene...

Jhony, ya cuando empezó la tremenda borrachera histórica, se aproximó a su asesor y miembro del jurado y le entregó dos mil quinientos soles en efectivo, mientras Amado acariciaba su mísera propina de trescientos soles. ¿Chupas o no chupas?. Y desde aquel día, Sancruz lo llamaba Amadito Centeno y Parió Nada de Whisky ni Historia, porque en pueblos como Chupas la historia la escriben los… y la oficializan los…